Loi numéro 49 956 du 16 juillet 1949 sur les publications
destinées à la jeunesse : mai 1998
Dépôt légal : mars 2000
Imprimé en France par Aubin Imprimeurs à Poitiers

Mireille d'Allancé

Compte les moutons !

l'école des loisirs
11, rue de Sèvres, Paris 6e

Pas moyen de dormir.
J'ai tout essayé.
Peut-être que papa aura une idée.

« Papa, qu'est-ce que je fais ? »
« Tu retournes au lit, fiston,
et tu comptes les moutons. »

Alors j'ai fait comme papa m'a dit :
« Un mouton, deux moutons, trois moutons… cinq. »
Je me suis arrêté à quatorze moutons
et j'ai ouvert les yeux.

Quatorze moutons
bêlaient au-dessus de mon lit.

« Papa, il y a quatorze moutons dans ma chambre,
qu'est-ce que je fais ? »
« Tu retournes au lit et tu appelles le loup.
C'est pourtant simple. »

Et j'ai fait comme papa m'a dit :
« Ohé le loup, à table ! »

« Là, il y en a encore deux sous le lit. »

Repu, le loup s’est endormi.
« Tu pourrais ronfler moins fort ? »

« Papa, le loup ronfle, qu'est-ce que je fais ? »
« Écoute, je suis fatigué. J'ai beaucoup travaillé.
Alors t'appelles les chasseurs, d'accord ? »

Et j'ai fait comme papa m'a dit :
« Allô, les chasseurs ? »

Et les chasseurs sont venus.
J'allais enfin être bien tranquille.

Mais au moment de partir, le chef m'a dit :
« Dis donc, ça donne soif tout ça.
T'aurais bien une petite bière ? »

Pour ça, il fallait bien que j'aille voir papa.
« Les chasseurs ont soif, papa.
Qu'est-ce que je fais ? »

Mais papa dormait.

Je suis retourné dans ma chambre.
Les chasseurs jouaient aux cartes,
et comme il faisait chaud,
ils s'étaient mis à l'aise.

Qu'allais-je faire, maintenant,
tout seul, sans papa ?

Alors j'ai eu une idée.
« Allez ouste, tout le monde dehors ! »

Un grand froid est entré dans la chambre.
Les chasseurs en maillot n'aiment pas le froid,
c'est bien connu. Ils ont détalé comme des lapins.

Enfin seul. J'ai poussé un ouf de soulagement.
Quelle idée mon papa avait eue d'appeler ces moutons !
Je me suis mis au chaud sous la couette,
j'étais bien dans mon lit,
et vous savez quoi ? j'ai très bien dormi.